吕维东

著

XING●
ZOU●
ZAI●
REN●
JIAN●

行走在人间

北方联合出版传媒（集团）股份有限公司
春风文艺出版社
·沈 阳·

图书在版编目（CIP）数据

行走在人间／吕维东著. —沈阳：春风文艺出版
社，2019.4（2021.1重印）
（中国诗人）
ISBN 978 - 7 - 5313 - 5581 - 6

Ⅰ.①行… Ⅱ.①吕… Ⅲ.①诗集—中国—当代
Ⅳ.①I227

中国版本图书馆CIP数据核字（2019）第022944号

北方联合出版传媒（集团）股份有限公司
春风文艺出版社出版发行
http://www.chunfengwenyi.com
沈阳市和平区十一纬路25号　邮编：110003
永清县晔盛亚胶印有限公司印刷

责任编辑：刘　维		责任校对：于文慧	
装帧设计：琥珀视觉		幅面尺寸：125mm × 195mm	
印　　张：7		字　　数：127千字	
版　　次：2019年4月第1版		印　　次：2021年1月第2次	
书　　号：ISBN 978-7-5313-5581-6			
定　　价：26.00元			

总　序

　　中国是诗的国度。千百年来，人们沐浴在诗歌传统中，传诵着一代又一代诗人写就的经典之作。而伴随着现代社会和互联网的发展，信息的传播和接受更加便捷，诗歌的阅读与创作方式也在潜移默化中被改变，在信息量无限扩大的互联网世界，远离喧嚣、静赏诗意显得尤为珍贵。

　　中国诗歌网正是在这样的背景下应运而生。作为国家重点文化工程，中国诗歌网以建立"诗人家园，诗歌高地"为宗旨，迅速成为目前国内也是世界诗歌类互联网专业出版平台和中国诗坛最具权威性和影响力的文学阵地之一。

　　互联网时代诗歌创作的便捷激发了一大批诗歌爱好者与诗人的创作热情，他们在公交车上写诗，在工作间隙写诗，他们创作的诗歌作品贴近现实与生活，在追求好诗的道路上不断前进。春风文艺出版社有着久远的诗歌出版史,《朦胧诗选》和《汪国真诗词精选》曾一度畅销。近两年,春风文艺出版社一直致力于打造优质诗歌的品牌。本着推介中国当代诗人的原则,中国诗歌网与春风文艺出版社决定联合推荐出版"中国诗人"诗丛,共同打造"中国诗人"这一诗歌新品牌。该诗丛计划出版百部优秀诗集,在注重诗歌质量的同时,力求结合互联网与传统出版的优势,通过直观的文本呈现向读者介绍一批热爱诗歌、坚持诗歌创作的诗人,以期汇集中国当代诗歌优秀成果,展示当代诗人的创作实绩与创作风貌。

作为国家文化工程的中国诗歌网,推出"中国诗人"诗丛,也是在整个民族复兴的伟大进程中展示中国人崭新的精神风貌。因此,我们在百花齐放的诗坛,特别关注有家国情怀的厚重力作,提倡来自生活的独特发现,鼓励创新探索的艺术精品,推崇高雅纯真的诗情意趣。我们希望这套"中国诗人"丛书是体现诗坛正能量,能够引人向上、向善、向美的诗歌佳作。

我们满怀期待,我们也真诚希望广大诗人和诗歌爱好者关注这套诗丛,与诗同在,我们为此感到自豪和幸福。我们期待更多的诗人加入我们这套丛书,我们也期待这套丛书走进更多读者的心田!

叶延滨

2017 年中秋前夕于北京

目　　录
CONTENTS

红尘低处

目　　录
CONTENTS

目　　录
CONTENTS

目　录
CONTENTS

目　　录
CONTENTS

泛黄的书签

目　录

CONTENTS

目　　录
CONTENTS

时光在身后一次次塌落

目　　录
CONTENTS

目　　录
CONTENTS

目 录
CONTENTS

目　　录
CONTENTS

目　录
CONTENTS

目　录
CONTENTS

红尘低处

在老家，和母亲在一起

霜落于头
不提

为人子的感觉
母亲面前
与从前一样自然、鲜明

身后，那些往日里的坑洼
被笑脸遮挡

普通的农家院落
母亲不断忙着，张罗着母子在一起
为数有限的几顿可口饭菜

迟疑的恻隐

街侧的小巷
充斥着各种饮食摊、顾客

角落，一个老妪，衣着腌臜
把一截瘦骨嶙峋的胳臂，和一只脏兮兮的铝碗
伸进了散射的夕光
碗里零星几枚灰暗的硬币

寒风转了一圈又一圈
人潮，一波又一波
生意人的揽客声，一浪又一浪
偶尔的乞声，习惯了，被巨大的喧嚣漠视

迟疑中，涌起的恻隐
随一个白馒头轻轻放下

回乡侧记

没有打定的主意
没有太多的顾忌、三思
放下磕磕绊绊

眼见实在的风霜、雨雪
不费力读出它们的美
重新熟悉已有些陌生的一草一木

难得故乡的风平浪静
像和煦的阳光
而亲人茶余饭后的家长里短
并无恶意
多是人间的酸楚

昔日感冒

一些风吹草动
我把来自身体的通知，当作耳旁风

不看医生，不吃药，不吊水
多喝白开水，是唯一的妥协

对抗，演变为锤炼
全仰仗着年轻，甚至盲目

春 节

一个词

被一辈辈人反复抱在怀中

焐得滚烫

躺进这个词里，我们心肠柔软

思念葳蕤。我们接力

把属于自己的

阳光、鸟鸣、花香

风霜、雨雪、尘垢

咫尺或千里

捧给亲人

爆竹、春联、丰盛的饭菜

及嘘寒问暖的亲情里，这个词又一次

被我们擦拭和扮靓

错　觉

只一会儿，立于街头
散漫的目光没有个着落

比人多出许多的车辆，占据你的目光
塞车，车流慢慢停止流动时
你开始漂移
速度，越来越快

仿佛路过一家工厂
一团团飘过地面的烟雾
快速经过自己时
曾经出现过的错觉

亲　戚

祖先聪明、怜人
于一年普通的日子中，勾画出年节
让冬季的寒冷里，人们有理由走到一起
相互安慰、温暖

没有大富大贵
他们都是普通亲戚，散布周围数公里
如一根藤或秧牵扯着
而飘零他乡的，也一路风尘仆仆地赶来

同享双手劳作的果实
饭菜丰盛，酒香四溢
殷殷亲情
不觉中，心头开出一朵朵花

讨 吉

手拎一盘爆竹
街道上快速行走。路人侧目

十五楼的毛坯新房
楼道间寂如古井
打开门，拉开通向阳台的推拉门，预留出通道
仔细剥开一端的炮捻子，小心地点燃
然后快速跑向阳台
鞭炮炸响。扩音的房子
鞭炮声撼天动地，震耳欲聋

新年的最后一天，绕不开传统
借硝烟和噼里啪啦的声响
驱赶藏匿的晦
倒回多年，你不会相信

元宵节灯

春风谦逊，侧过耀眼的阳光
不出意外今晚将见月满

"有月无灯不算春"
灯，明明灭灭着记忆

清瘦的年月，热闹的节日
节日里的孩子
挑着灯笼
这里一堆，那里一团

欢声笑语中，月光
逊色于灯光

酒 后 梦

梦中，把车开到
一个临水建筑的边缘刹住
心惊肉跳。庆幸
没有让护栏成为
最大的漏洞和把柄

在故乡，与一位兄弟一起品尝
美味豆豉（故乡似无其物）。一位大人
"粒粒皆是禅味"的言辞
想借以搬弄，口却一直未张开

那 日

下酒菜忘了
除了炒鸡蛋和外买的卤味
大都是自家菜园生长的蔬菜，母亲烹制
什么酒也忘了
不过也没有多好的酒

父亲煤矿上的工友来访，让我作陪
那是第一次，充满仪式感

喝得不算太多
但第一次满脸发烫，红如关公
微醺里
剔除酒味，更惬意的是自那日起
父亲眼中
我已与以往不同

春 情

已挣脱冬的枷锁

尽管仍有料峭的寒

尽管仍心有余悸

可，春梅已在时光里盛开

领跑一个季节铺展

玉兰花苞，正探头探脑

如一个明媚的注脚

我信马由缰的遐想中

河边随处的疏柳

已把一个空间，晕染出淡淡的黄，淡淡的绿

就像一份

隐于心中的情愫

离　乡

离开故乡时，暮色浓重
一份不舍和着暮色
化不开。心中明白
那趟南去的火车驶离故乡之前
故乡的炊烟和一路躲闪不开的乡音
都具有小小的毒性

谜　语

裁好的花花绿绿的条纸
在我面前，排着队
等待胸有成竹的笔墨
一笔一画，推向高处
最后一笔收住，玄机注入

和身家的绿肥红瘦没有关系
世间冷暖也是。怀揣秘密
一缕不安系住良辰吉日
喜悦有无之中

春情，已一日浓似一日
十五月圆
等一个心有灵犀者
走过来

农 家 餐

大盆、大碗

大鱼、大肉

瓜果、蔬菜。一群对食品心存芥蒂的城里人

在此忘情

河流、清风、旷野

胃口大开

粗犷的线条勾勒每一个夸张的动作

喧哗升腾后，再没有落下

直到狼藉一片

无名小花

远处是山。山脚下是逶迤而来的村庄。近处是水
阳光洋溢着慈祥
二月底的风，携一缕暖意
翻过山，越过村庄，掠过水面
吹到我脚下。吹开了脚旁
几朵不知名的蓝白色小花

旷野宁静。我蹲下去
微弱的春光中，小花无名
我思忖着，何以名之

猫 经

"猫记仇，能记一辈子
所以别得罪它"

"猫讨厌烟、酒的味道
尤其讨厌烟的味道。所以它讨厌
吸烟的人"

"猫，喜欢特立独行，不喜欢人强迫它怎样
所以最好别太干涉它"

"几千年了，至今未有人驯服猫
所以它不通人性"

——可是你说的每一条，我似乎都能
从周围找出一个
相像的人来，包括所谓的不通人性

等待，突然荒凉

长方形花坛夹在三岔路口间，像个小岛

站在花坛一侧等人

天空洒下一层薄雨后，仍抱守着黑云

一副重负未释的样子

等的人迟迟未至。下班点到来

三条路上车流渐次增多

嘈杂喧嚣

那一刻，脚下沦落成孤岛

一只跛脚鸭眼里

世界如此的生硬。而等待

突然荒凉

三 月 书

我的目光，在近处迷离

那些花花草草

接受全部的阳光，不负一寸春阴

竞相展开异样的容颜

日益轻盈了我肉身的沉重

我的脚步，在远处徜徉

上下天光

漫山遍野的梨白、桃红，和油菜花黄

山寺，清溪，浮云，惠风

仅此就谅解了拥塞喧嚷的城市

三月，春风化雨

喜鹊登梅，蝴蝶访花

我习以为常的臃肿被解构

紧致了一个冬天的心褶——舒展

蕴藏的一腔明媚，独一无二

防 盗 窗

十五楼正在装修的三居室
一片狼藉。狼藉后
才是秩序和美好

阳台上半人高的铁护栏已经拆除
替代它的是防盗窗，两者的戒备
完全不一样

"这么高的楼层，其实哪里需要这个
可，大家都在这么干"

远处的风景，被防盗窗的钢筋切割
变得支离。但又不可否认
它凭空消除了你
站立窗前，双膝岁月里积下的软

春讯如潮

斜坡上灰黄的柳叶，厚厚一层
下垂的一丛丛柳条已经透青
两树间，蠓虫翻飞

此刻逆光强烈，掩盖了河水的黑
对岸叽叽喳喳的人语，近处相和的鸟鸣
一下生动了河流两岸的春光

哦，一年之计在于春
就这么忽然相问了
呵。逼出体内冬余的寒
要赶紧

人间多事

公园老虎伤人的视频流出
手机版无疑

在结果出来之前，空气中的紧张
一抓一大把

高处众多游人的啸叫
一度让老虎观望、犹豫
而虎口前的雷霆，只一人承受

双手合十的潦草讨饶
放慢了时间，拉长、拉大了弱小可怜
虎的迟疑或非假象

确认人不过虚张声势后
虎向逾越者，吐出死亡的气息

在三月，这些粉红色的词语遍布山野

三月春风偏南

有许多花儿忍不住风的暖言

绽放自己

迎春，海棠，玉兰

丁香。而桃花

蚌埠西芦山的桃花

在三月，这些粉红色的词语

遍布山野

把这儿的春光染得迷离，甚至恍惚

至少有一个人

因过于多愁善感被其所伤

世路已让心更加仁慈

车开上路边的加气站
一群陌生人，散落成零星的风景
已有人迫不及待，走开掏出烟火

暮色在远处凝结
不辨方向处，没有可左右目光的熟悉之物
只有稀疏的灯火已然亮着

几步之外，一个衣着时尚、廉价的年轻女子
也在稍后，掏出了烟
在车上时，她好像一直在低头盯着手机

近处光线较强。女子面容清瘦
她掏出香烟的一刹那，我本能地反感了一下
又随即释然。世路已让心更加仁慈

尤其日子风和日丽

我依然故我
只有身外的春天，春天的花朵
"日日新，又日新"

她们多么欣喜
尤其日子风和日丽

有时，就那么静静地看
偶尔走神

快意恩仇

一个总是隐忍的人

一个随时可激烈爆发的人

一个终于可以面对他的仇家

抄起一把椅子

坐在对面，对其怒目的人

哦，一份快意恩仇

几分梦幻

这个人，到底还是

现实中被理性牢牢把持的安分守己者

清明前六日梦见父亲

温煦的傍晚。您下班归来

洗一把路途的风尘

坐在饭桌边吃晚饭。不同往日

这次有您疼爱的孙女绕膝

而我过去给您送

您喜欢的花生

这最后的细节

被一缕晨光冲散

我徒生的惆怅，经久不去

扳指一算，距离清明仅有六日

仿佛一个个来不及的梦

世界还包藏在黑暗中

上升的气温催生出一阵燥热

或正是这小小的干扰

一个梦借机溜走。生命所有的赋予都令人好奇

所以这样的遗憾也是遗憾

如同遥远的少年

卷起裤管，撸起袖子

或只穿裤衩背心，同许多人一起

在村里的水坑、河沟中浑水摸鱼

总有一些鱼被手按到，又最终未能拿出水面

被它一个出其不意，或意外干扰

逃了。那些鱼

如此飘忽和轻，仿佛一个个来不及的梦

早醒的鸟总是练习发声

四月深处
天热，初具夏日雏形

凌晨很容易醒来。有时候
鸟比我醒得早，有时我比鸟醒得早

早醒的鸟总是练习发声
一些好听而又不懂的声音

而我一直以来，都是拧开床头柜灯
面对一两书页，练习沉默

侥幸的念头

梦里乡野。一个人喂养的
鸡崽一样的小宠物
有两个落在后头
在经过另一个孤单的人时
迟疑了一会儿。这个人被激起的柔软
一瞬间变成了侥幸的念头
"或许它们能留下"
他的确希望它们留下，好像他
要在这偏僻的荒野处，看不到头的时光中
长久地待下去。但它们
只迟疑一两分钟，又摇摇晃晃
越过他慢慢离去，永远地离去
他的欲念
转眼间空在那里

牡丹还没有开

这一坡朝南的堤面
这一坡哗哗流淌的阳光
这一坡大好的风水
这一坡丰茂葳蕤的牡丹
面朝一河波光粼粼的水

我们还是来早了
虽然桃花正可映红人面
虽然梨花还可带雨

牡丹并不着急，仍闺房半掩
正细理内心的一份华贵

夜已深不可测

又到了"最后时刻"
一次次被逼至墙角。此前的宽裕
一直用于某个反复练习
譬如锤炼一段拟形的线质[①]

易于流逝的人、事，流逝本身
使命一般，慌慌张张找寻某个切入点
企图无中生有，妙笔生花
安抚被外来惯性带起的躁动

久远里，一艘拖船
哐啷哐啷开动，划开水面
岸边的水波一波接着一波过来
立于水边的一个人，风鼓起衣衫

旧景没头没脑闯入
此时万籁俱寂，夜已深不可测

---

①拟形的线质：如书法线条中的"屋漏痕"。

一些柳树

耐水的柳树

在淮河滩地，不期然做了防浪林木

一年又一年，汛期大水的危险不断逼近、到来

挺身替身后的大堤阻挡风浪

多年以后

与那些站上高处的柳树比

它们累累的伤痕，遍布身上

手　术

局麻后，一切即将开始
我交出我的一部分后
只能做一个无奈的旁观者

第一次躺在手术台上
瞅一眼窗外灰白的天空
多看了一眼上方的无影灯
从前的神奇感，瞬间被抽净

医生安慰的话没有挤干职业气息
希望他的活计越职业越好
最好有些艺术、诗意

我能感觉到手术刀切割的过程
聆听冷酷的声响。麻醉剂真是好东西
它居然能够让你的疼痛
在你的眼皮底下，与自己
撇开关系

不同位置的露珠

天，还有些凉
早晨，撩去最后一层轻纱
红尘低处
花瓣，草尖，甚至败叶之上
那么多露珠。位置虽异
彼此没有什么不同
都散发着一样细小的光芒

这些不起眼的露珠
注定没有传奇，多像尘世那些
简单干净的灵魂

已许久没有梦见父亲

有一阵

希望父亲，托一个梦来

爷俩在院子里

促膝而坐

就像我十八岁以后的样子

不再害怕，勉强可以和他坐得一样高

"我一天比一天更像你"

这样的沧桑

除了叹息，还藏有悲喜

火车拉着我，一路向北

南方的大雨已夺人性命
汛情来势汹汹。北方一切安好
金黄色的麦茬，阳光下
标注北方又一季的丰收
及丰收后短时间的宁静

火车快速向前奔驰
此刻，时间闪去后方，落满田地
绿树、村庄、河流、城镇
和悄然降低的夕阳

我怀揣母亲的病历
去往北京。火车突的一阵抖动
颠覆我的呆状
我看得明白，火车
已越过母亲所在村庄的纬线

城中山水

一片城中山水

如果升至它山的高度

这儿如何被市声包裹

四围如何遍布烟火

一清二楚。仁智之乐太形而上

距离市声和烟火也不够远

但早晚之间，芸芸饮食男女

在这儿修复日月所耗

或者如你，暮色苍茫中

静静坐在一隅高处

让掠过水面和穿过树林的风

吹过你，慢慢地

一点点吹去身体的重

只剩下，一片干净的山水

剩下淡然的甜味

大河始终清醒

大河的肩处
一栋兀立的楼
窗前远望时，又是阳光又是风雨
激动，残存在想象中

多数时候，人在楼里
像书页中的文字，构成一贯的章节
循规蹈矩，隐忍。卑微的一点光芒
契合成
一块石头描摹的模样

但大河始终清醒
不变的方向统领着汹涌与流深

缩　水

一部电视剧，不知被什么风
吹进了我欲静还休的生活空隙

以鼠标削剪其中的枝蔓
剩下的，略高于人间喜怒
低于苦难

在北京体验地下室

或许与鼻炎、烟草相关

鼻子的感觉
竟抵不过膝关节

房间陈陈的霉味很快消失
而躺在床上，铺与盖
那份潮，膝盖怎么都躲不过

在城市的另一边行走

看起来好似无意

从火车站沿淮河路向东

到解放路。经过小味鲜连锁酒店

经过愈加老旧的汽车站

经过一家名噪一时

原来餐饮住宿兼营的酒店

现在却挂着医院的招牌，不知是还没营业

抑或已经停业。经过了一条

斜着穿过马路的废弃铁路专用线

如果再细一点，一路过来

还经过了饭馆、旅馆、烟酒店

美容店、足浴按摩店、机电及配件门市部

经过时喧嚷从高到低，人流从密到疏

我已经多年没走这条路

总是匆忙，在城市另一边行走

今天这条路上

陌生已随处可见

人　海

隔着两排候车座椅，坐着一位美女
年轻，金发，着一件粉红短袖衫
肤色白里透红，尤其面部
好似羞涩

她正低着头
愉快地玩着手机

——我为何举起手机，拍下一张照片
动机模糊

拍照她未发觉
但照片拍下还不足两分钟
她却突然起身，从座椅的一侧
快速向候车室出口方向跑去

人海就是如此
一个关注，往往跟随一个或多个疑问

与荷花做伴的女子

那一年，荷花长满南坑的时候
一个女子也被永久留下
与荷花做伴去了
这个沾亲带故的年轻女子
我喊她"大妮子姐"。她平日的亲切、亲昵
让我伤悲
相信她的魂
就隐于水面之下
并首次对南坑，充满畏惧

多年以后，站在废墟一样的坑边
一切早已迎刃而解
我谅解了几乎所有的过失
对于悲喜的人间
它也一样，无法置身其外

日照：灯塔

黑暗中的光明，不过是题中应有之义
白天它沉默，倾听——

那些远方奔来的一粒粒渴望
与来自大海的巨大浪花，在阳光下
痴狂呼应
哦，饮尽一瓶冰镇水

雾·霾

季节吐出冷

我们把自己包裹紧

渴望灿烂的阳光

太阳未见得照常升起

霾绑架雾，让云里雾里沦落边缘

诗情画意置换成忧忡

我们深陷其中

仿佛一场莫须有

我们正经历着

也许不是你来

有好一阵子不见了，昨夜
又见。能见就够了
细节那么清晰已然奢侈
怀想，总被世俗打断
只有夜深，才得以偶然靠近

这一次也许不是你来，父亲
而是我借夜梦之路
溜去了你那儿

临《麻姑仙坛记》

每个字，颜真卿都写得大气、端庄
不负大唐。历经千年
已落满厚厚的霜雪

一开始麻姑就被误读了
其实，麻姑是一个貌美的
妙龄女子。后来
再临此帖时
常常忘记神仙麻姑
并且一味地同情那个蔡经
因想入非非，曾被狠狠鞭笞

运　程

"属相上看今年运程不利
要注意，小心"

我可不可以反对
或者相反，讨根红腰带，束在腰间

再不然，按家乡习俗，裤带上系一截桃木
抑或涉足寺庙求神问卜

但一切又都没发生。被塑型的一个无神论者
仍我行我素

中 元 节

各个路口的喇叭，喊不破嗓子

在传统与现代之间

突然悟出，我的矛盾，凸显多余

今晚，我仍然相信另一个世界

相信你们还是勤劳的长辈

相信如同在尘世一样，你们付出血汗生活

另一个世界也绝非游手好闲

相信你们其实不需要我

偷偷摸摸，找一个角落

去燃一堆纸钱

小 雨

小雪后一日，北方下起了大雪

而千里之外的蚌埠

地处中国南北分界，雪意还在酝酿着

倒是小雨滴滴答答了一夜

淋湿了

我梦的一角

梦　辞

美梦不多。倒也极少
再做噩梦的阶段

实际上喜欢梦中的游历
朦胧，软，没有理由

不同于生活
清晰，硬，思前想后

而夜有所梦，未必日有所思
于一个仍然爱着的人有效

如此吧，地老天荒亦可

清如冬日的河流

凛冽的水面上，跳动一些阳光的碎片

深处埋藏着温暖，安静的鱼

河水似乎停下流淌

久之，心已欢喜

如此吧，地老天荒亦可

刀　口

身是肉长的。动过刀的地方
有其自己的记忆

时机来临，如阴雨天
或某个阴阳交替的时辰
刀口，仍然开口说话

烧报喜纸

长孙大婚，非同一般的人生大事
要由长辈带着，去坟地
给已故的爷爷，及以上祖辈
烧纸报喜。要让他们知道
家中，走到了一个重要的日子
家中就要添进新人了

燃一沓纸，放一挂炮，说一番话
大张旗鼓通知他们
高兴，同喜，并且保佑

白　露

对过一处看不见的房地产工地

施工机械的声响，穿过一条马路

一条河道，一排柳条浓密匝地的柳林

与道边桂花树的暗香

撞在一起。稍微的失衡

被不远处楼栋窗户中

漏出的灯光扶住

路边堤坡草丛中，我听到

蛐蛐的叫声带着颤音。在接下来的

夜和风中，这遍地的轻寒

经不住这颤音的抖动

将不为人知地，悄然下滑一格

潮 虫

一只潮虫在窗沿上犹豫

不知该往哪里去

前进，后退

欲左却右

迷惘的样子

可怜、无助

动了人的恻隐之心

乡下老家

院子中那些墙角旮旯

闲置的砖瓦块

无意中将其弄翻时

下面总有它们

匆忙四散的影子

仿佛人世间，大祸来临之际

那些弱小的人

细节，在红的色块中展开

一个熟识的人逐渐猥琐
大批的来历有不明的嫌疑

害怕被算计
出没，行事，小心翼翼

所有的细节，都在红的色块中展开
醒来如释重负
好似刚离了险境，或陷阱

浑身滚烫，口渴
昨晚的酒劲还没完全过去

深度睡眠

一个好天气，某些好场景

几句好话，数朵好花

半截好心情

深度睡眠，已经奢侈

清晨多美好

犹记醒来，体内勃然的生气

天人合一

你说每年秋冬交会
身体某个部位，便刷存在感

你说你相信，古人天人合一的道理
反向思维
那就拿来权作利器
消灭它，看看

阳光、水、轻风
花香、美人
在想象里，都助你
一臂之力

石 榴 树

千百年来，劳苦的农家
认定了多子多福
有条件的农家院子
它如影随形

母亲与弟弟共居的院中，三棵石榴树
一大两小，皆已春华秋实
与节日重叠的雨水中
越加闪露蜡质的光亮

一个摘在手中，沉甸甸的感觉
还未剥食，已让我掂量出
它内中密布的甜
以及甜中可能的一丝酸

沐浴阳光

汛期结束，连续秋雨
淮河水位，涨到汛期未达的高度

这逻辑的混乱，倒是合乎
世人的道理
"这世上许多事，并不是应该的那样"

上午天开始放晴
中午太阳已无遮拦
大片的金色仿佛可将人浮起

此时，涌上心头的多半是
一二过往的美好，而这样的美好
当时往往并未觉得如何

现代派画

捋平内心皱褶
迷瞪

两只气垫式的船，漂浮而来
载满似曾相识的人，不乏恶者
一前一后，轻易地
穿过你的身体

这幕异乎寻常的情景
有你的配合
也被另一个你逮住、定格

不解的是，你如此轻盈，神灵一般
整个过程轻松愉悦

生　意

进入小区大门
通道边，必经的，依次是
烤梨、烤红芋、烤肉串的，做麻辣烫的
打烧饼的。其中
烤肉串、做麻辣烫的生意
一直红火的样子

一位朋友的家人
自企业施工工地辞职，回家
与母亲一起烤串

辛苦是必然的，但据说
生意不错，赚的钱比在工地多了去
现在越干越起劲

泛黄的书签

浅　梦

由此及彼。以平常
以神秘

你低眉顺眼的样子
嵌入月牙一样的浅梦

余下的气息，皆沉入心底

春天的确爱过许许多多的人

你相信吗
春天的确爱过许许多多的人
就像我爱过春天里盛开的
桃花、梨花、玉兰、海棠……还有
那些最低处叫不上名字的小花
甚至开不了花的草木

——那些心怀冰雪的人
其实也是春天怜爱有加的人
就像你，因为眼角的泪
我想把整个春天都捧给你

你若即若离的身影

行走在人间。没忘
紧盯你若即若离的身影

身不由己的人
风雨不断吹打过来。终有一天
突然发现视野里
你的身影，已经模糊

因为伤得深，所以才被命名

公元某某年的一缕风
从前世吹来，宿命，隐秘

吹进一座校园。吹进你
还稚嫩的你不禁吹
一不小心，给吹丢了

你知道丢在哪里，可
就是找不回来

相思。因为伤得深
所以才被命名

一枚泛黄的书签

彼时的一片异彩

洇染了少年贫瘠的心神

从此，失眠症

由故园一路尾随，抵达所到之处

直到一枚泛黄的书签

被夹入，不知哪一册书中

心生的传说

侧卧的样子让人情不自禁。她何许人
成为伏笔。小小的纷争，红颜并未真心一怒

含怨的情景，模糊为各自的台阶

那个时辰，据说外面的雨下得很大
有一列运煤的火车洞穿黑夜

补　白

春风化雨，一波春潮
不再遮遮掩掩

二月，开始一年之计
呼唤花红柳绿
禾苗也开始抖擞精神

就连体内深埋一冬的
痼疾，亦被蛊惑

喜悦来自一场户外之行
在河边，在柳枝旁，有你的瘦春光
我只安安静静地补白足矣

梦里波澜

你轻手轻脚，潜入我一场梦里
台前幕后，花开花落
只不过如一次求证

你释放的魅惑
让我的路途陡峭，天空横斜
在痛中读你。读你的
身姿、眉眼、温情、优柔
和一丝冷酷

最终明白
你入世般的潮起潮落
出世般的云淡风轻
我望尘莫及

危险比浪漫，更加醒目

多节遗落的火车
下面的庄稼地，长满禾苗
不远处，村庄依稀可见

一男一女坐在上面
诗情月夜。意料外平坦的车顶
男子欲拥着心爱的女子，月光中沉醉

只是车顶的激情无有遮拦
危险比浪漫，更加醒目

两个春天

另一个春天

在远方

属于你的春天

没有倒春寒，更加灿烂、明媚

比我拥有的

花更多，香更浓

鸟儿的叫声更清亮，更繁密

天空，更高、更远、更蓝

无限趋近海的样子

站上高处

长风，轻轻地吹过来

慢慢地，你的气息

随风而浓

段 落

断续不清的光景里

你的气息浓重。别去，仿佛为了

不再拥有消息，问讯

酒后，眠长，梦多

颠覆日有所思夜有所梦

但有你的段落，模糊到令人遗恨

令人生疑的活计

梦中没得消闲。一截木头横陈
下面碍事的土已被挖去
正在用力撬动它。你依稀
站在不远处

这份令人生疑的活计
和你正站在几米开外与几人
愉快聊天的心不在焉
让这份活计
如同一个隐喻

最亮的那一盏灯

灯光之下

三个影子，都是自己的

一个漆黑，一个淡，一个更淡

毫无疑问

来自三个方向

距离最近、最亮的那一盏灯

很有可能在梦里

摇身为，你倾心一世又饮痛一世的人

等你，在四月的堤岸

"人间最美四月天"不是虚言
不是花红，不是柳绿，不是和煦的春风
不是数不清的草
是：等你，在四月的堤岸

其实也是花红，也是柳绿，也是和煦的春风
也是数不清的草
她们不厌其烦陪伴一份等待

等你，在四月的堤岸
等那份陈年旧约。你还没有到来
等待的人已望穿秋水

远　方

你已在远方
隔山，隔水，隔惆怅

短信长时间犹豫、徘徊
又于一瞬义无反顾

这里，也是你的远方
而彼此的远
并不一样

朦胧是醒后的感觉

久不相见后
一车被带去了一地
车上车下，都有心照不宣的
一丝甜

多数时候，你的身影
是我的一个角度，或沉默中视线的焦点
梦里的美好，没有朦胧
朦胧是醒后的感觉

像那些
早年读过的诗行

远方的早晨

你那么远，看不见这儿的早晨有多美
让我帮你看，帮你感受

此刻，远处的太阳才站上一个山头
刚好够和站在高处的我打上照面
太阳的一边
山峦之上，蓝天之下
一片云牵着另一片云
像是梦中曾经一起的漫步

大地上，树木、道路、房舍
刚刚醒来，还没有沾染一丝人间的烟火
清新得像一个刚出浴的美人

早晨多么慈祥。风儿躲去了远方

这样帮你看，帮你感受
这个早晨就无比美好地穿过了我

你的侧面，就是我心思的正面

端详眼前的你
与你以往的静形成反差，心潮不平

此时，你的侧面
就是我心思的正面
你如果有一分的苦，我就有十分的痛
你有一分的喜，我便有十分的祝福

哦，你的侧影的表达
如春暖花开时节的一缕南风
我多么欣喜

一次凝望

拥有同窗的命运
怎样的庆幸

某年、某月、某个日子
斜挎黄书包
青春、美好的一个背影
沿着校门前，荷塘边
不宽的柏油路，
沿着蓬勃的夏
渐行渐远，越来越小

许多后来的向往、伤痛
与那一次凝望
多有说不清道不明的因果

热热闹闹间隙的静，有思念的味道

流走的空气中，有年的味道

匆匆归来的步履，有游子的味道

迈进家门的一刻，有情怯的味道

丰盛的菜肴，有母亲的味道

新晾晒的被褥，有阳光的味道

夜梦中，有青春年少的味道

热热闹闹间隙的静，有思念的味道

——思念的味道，犹如

心头飘起一场苦寒的雨

坦然的感觉

没有看清你现在的模样
是你确凿无疑。岁月这把杀猪刀
不会放过任何人

有那么一瞬，你还是我喜欢的
俊模样的小表妹。岁月流转

特别的亲情如今只剩余一副寻常的躯壳。要不
我绕道驾车想把你送达的地点
与你要求的何其一致

但后来那种坦然的感觉，还未真正醒来
已十分明显

让一份抑制的渴望，始终站在悬崖

在日常里模糊
其实你距离不远

却梦中清晰：一个现场
做什么，哪些人
你所在的位置。但一直被他人拉开
与你不冷不热的距离

我顾左右而言他
而你离开后又折回。现场愈加抽象

自始至终，你没有吐出片语
我也让一份抑制的渴望
始终站在悬崖

错　觉

早晨，似醒非醒

恍惚间，把窗外透进的一片光亮

看成了夜晚的窗口

只是，没了你的身影

类似的错觉，不止这一次

有时希望人生如梦

有那么多人
在一个熟悉又说不清的地方。模糊
蕴含更多的可能
又见你，心绪幽忧

许多体味漫上
不宜，也不能表达
这样一切不过是这朦胧空间的
一个秘密。但后来
还是隐隐欢喜

因此，有时希望梦如人生
有时希望人生如梦
但希望你，永久若你

不可言说

梦的好处之一
就是能够无中生有

其时，在一处依稀熟悉的地方用餐
整个过程
确凿无疑地相信，身后
斜对过一所房子里
凭窗一位散发暖意的女子
你的一举一动，她都一览无余
或被有意无意地瞧着

吃饭因此被笼罩在
温馨的不安中
食不心安的美好，不可言说

一场虚设的艳遇

诱惑突然而至
退回一分钟，我还是车内
一个急等着离开的人

临时起意。买什么东西
其实不再重要

我站在狭窄的柜台外
侧墙边一束光芒，从一副姣好的面孔
照射过来。我的诧异里
同时生出一小丛诱惑

神还没定下，佳人的胸部
已堵住我的视线
那是伴随仙果的侵入
有意，或无意

惴惴不安中
唇，完全沦陷

七 夕 篇

如果与世隔绝

这一天就是普通的一天

做不到，不幸沦为被动的你

被空气感染，后来居上

为伤所左右

你不关心今夜天空是否晴朗

星河是否灿烂，不关心天上人间众多牛郎织女

今夜，你只愿半醉半醒间

反复吟哦：姐姐，今夜我在德令哈

在遥远的淮河边，声音由小到大

正是此时，你被逐到梦外

俩人刚从街上回来
前后没差多少。你正在翻看
记着许多医疗费的账单，心存疑惑
美人走近，告诉应该去哪里
解疑释惑。其实你也知道
不过涉及甚微，并不想跑，不过说道一下
说着，美人和你的手臂
在手背的上部，手腕抵在一起
皮肤的温润与细腻传导而来。美人的手
并没立即挪开。甜与感激
哦哦，时间就此停止，或长些

一个小孩顽皮，不停地动
动个不停。似乎小孩之外
还有其他因素，美人慢慢挪动
缩回了手臂。这时发现
美人左手上黑色的东西，为伤后所敷的药物
问她怎么回事

美人不说，别的话搪塞岔过

未再追问。这时候，你发现房间

不知什么时候，变成了一个

公共空间，有你认识的人

但并不相干地干坐在后面。扫兴扩展，原有的

温馨正在散失

光线也在褪色。最后的时刻已经到来

正是此时，你被逐到梦外

走过这人间烟火

你识高山。我不识
这不妨碍吧

我识流水。你不识
想必也不妨碍

你识人间烟火，我也识人间烟火
这个，够了

——足够俩人
在一起一生，走过这烟火人间

时光在身后一次次塌落

旧日情境

躺在床上。凝望窗外一片天空
午后的村庄，异常静谧
一阵风路过
树叶与树叶，碰擦出一阵声响

云朵自有章法，一直在天空
不易察觉地缓缓移动
堆积，变幻。一些似是而非的物象
少年散漫的心思，埋藏淡淡的一丝忧郁
无人知晓

春天的疼痛

初春的阴冷潮湿，挥之难去。不断挫伤
由来已久的期待

冬季的残留仍然触目
有些树或枝干，再无法被绿唤醒

倒春寒不止一波。过于盲目的人
春天的疼痛同样刻骨

破　绽

一个人，人前人后的不同，让人突然将信将疑
这是人性露出的破绽

穿了一个冬天的大衣
少了一粒扣子
什么时候什么原因，一概不明
这是我的破绽

厂家预见了可能
为我有备无患

乡下的生活背景
我无师自通，可像模像样地
把备扣钉好

可多少年来，日月丢给的破绽
你几乎没有机会，穿针引线

三月的花朵

三月，未看山看水

未看花红柳绿

在医院

一群年轻的护士

她们绽放出花儿一般的馨香

舒缓病痛的空气

夕阳西下。缓步

医院楼栋的庭院，盛放的白玉兰

如同吉祥鸟

但这个三月

她们与我

隔着薄薄一层尘世的苦

失　控

墓穴旁清楚地竖着"无名烈士墓"
墓穴却被掘开，理由无从知晓。穴边
失了秩序与整洁，牲畜的粪便
新老杂陈，散发的异味
几乎逼退意欲靠近的你。你的愤怒、不满
没有目标发泄

近来的睡眠，多在五个小时左右
差强人意。唯有嗓子隐约残存的
不适感，让你略感悔意
昨天的烟又失控了

枯干的芦苇

那时候，水面宽阔，山影倒映
水鸟白日水中嬉戏，夜晚不知所终

那时苇丛零星
风吹绿色苇丛，充满生命之韧

那时一簇簇绿不断攀升，忽略所有路过的不测
和危险
举起一束束嫩生的白的芦花

如今，乍暖还寒
绿色中，枯干、疏落的芦苇，如画中竭墨

这个春天啊，轮回在此
正被上苍操作

石 榴 花

五月，不期而遇的石榴花
娇艳、火红

五月的石榴裙，风情万种，瞥一眼
喜一分，忧两分
五月，我总小心地绕行

夜　深

手机剩余的空间已临界
堵或疏，难以取舍

分神于一座桥头
河面上大片绿苔，美如绿洲

无神可分时，瞌睡已如此顽固
我为好梦放弃抵抗

如 巫

她有一个人的影子

在绿色格子影壁后，隐约不紧不慢地

来来回回走动，哑剧一样

做着监学一类的事

对她的感觉有些奇怪

不远不近的好感，外加一点

挑剔的嫌

多于对一个局外人的关注

一走神的工夫

她摇身为巫一样的信使

站在面前，亮出一个不明来历

关于你前生的惊人报告

匪夷所思的内容，半天说不出话

欲询，她已影子似的

迅速飘出画面，没入黑暗

飘落的合欢花

一场风并不算大
晨光依然明媚

走过一片空旷地，眼前的空中
许多小伞似的合欢花
由北斜向南，纷纷降落

地面已经铺了薄薄的一层，还在增加
这风就突然无辜起来

阴　雨

其实阴雨时间不长，只有两天
但身子的旧伤这时候总会有反应

就如一个心软的人
见不得跟前的悲伤、泪流

小的，大的，个体的，群体的，种族的
世界林林总总的伤

难计其数，防不胜防
又难窥其所以然

忍下一场阴雨
心就会积下一圈佛一般的慈悲

春光就要用完

春风一吹就有花开
春风吹过，有人就修成正果

欣赏视野中的春正浓
花正艳。我祝福人们这个春天有好运

春光就要用完
我是不被春青睐的那一个。我无怨

"我天生就预备好一座荒唐的山坡
春风里它光秃秃的"①

---

①引自孙甘露的《三月》。

长 城 引

爬长城的累

有眼前的风景偿还

修筑长城的草民

苦不堪言

孟姜女的哭声，夸张地代为传达

蜿蜒的长城铺展于山峦沟壑之间

历史的烟云，悄然在

宽大的墙砖上包浆

诗性的眼眸，五味杂陈

善　忘

对一场雨的冷漠，并没有立即意识到
后来突然察觉。这时
雨脚已稀，渐行渐远

这场雨不紧不慢落了不到一夜
却好似许多天
对乍到的夏，说开路行
说泼一盆冷水也未为不可

现在忽然意识到这场雨被漠视了
感觉进一步深入——很久以前
体内的一场雨仿若其前身

青岛西海岸观海

避开游人的喧嚷

只剩下碧洗的蓝天、无际的海面

阵阵浪涛，翻卷着

如同某日某时的心境

而远方海天一色的苍茫

似凝结的全部忧郁

滋生出悲伤

——海风强劲，又全部掠夺

一点不剩

夏日落叶

那棵孤立的树

远望枝叶繁茂

充满活力。当一阵呼呼啦啦的声响收住

寂静中

我真切地感觉到了几枚树叶

在夏日里匆忙飘落时的寂寞

——哦，不过是几桩小的心事吧

不知从何而来的风

未能放过

河北博物院

它院藏的丰富，厚重，触角的远
反倒压制下兴趣

走马观花一番
就急急忙忙
向微信朋友圈推送照片

而院前的滚滚热浪和别处一样
令人难忘

故乡荷塘

阴沉的天空，压低了傍晚
不大不小的雨
不紧不慢地滴落
室内的静越来越沉
仿佛一种落寞

身在远方的人哪
兀自怀想故乡荷塘
早已不在的烟雨迷蒙
还有夏季午后，或傍晚
被荷塘一次次清凉
染香肺腑，以及
荷花般的女孩触动的心弦

月　饼

样式、花色不一，种类繁多
多少年来，我总在中秋城市的柜台前
固执地寻找

馅料、做法并不考究的月饼
仍未被经久的时光冲淡
那种香甜
专属于母亲

寻找，近似的味道
和包装、价位无关

一只蟋蟀

天刚麻麻亮
一切还静中寓动

听到一只蟋蟀叫
声音弱小。冷清，孤单
在一阵鸡啼和狗吠声中
不用力几乎听不到。再仔细听
那叫声来自绿化带的草丛

"十月蟋蟀入我床下"
那时候还住在市郊，平房
的确如此

白 日 梦

白日梦。见鬼
眯瞪一会儿
遇见一个人，好像哪里碰过面

……哦，想起来了
以前梦中，那个
整日口水流成小溪的傻孩子
摇身成了现在
一个人模狗样、十足自大的老牙口①诗人

——更加见鬼了
现今，他诗中每个词的前身
都是当年流出的滴滴口水
残留着腥臭

①牙口：原指牲口的年龄，此处指人的年纪。

时光在身后一次次塌落

"七月在野，八月在宇，九月在户
十月蟋蟀入我床下"

时光在身后一次次塌落
这样的忧伤，中年以后
一年比一年厉害

冬 至

黑大幅删除白

寒附和着，删去

弱不禁风的暖

寒冷的夜如此漫长

你只能借助忆来的一缕情，和暖意消解

之后的日子

会越来越清醒

细数着一九、二九、三九

数着数着

就会止不住伤感

一年如此短，一季又那么长

溯

关灯的瞬间，或者突然停电
一片漆黑，伸手不见五指

堕入深渊一般
它是真相，又不是
外面的光亮，渗进来，不多一会儿

似一种液体，与另一种液体
未能充分混合后，拥有的面貌

重新被打捞起，湿漉漉的感觉
好像经历过，又不敢肯定

秋去冬来

我随秋天走在下坡路上
身边侧身而过的风越来越冷硬
还没来得及与最后的庄稼和蔬菜
以及四处奔跑的落叶，打一声招呼
还没来得及坐下来
沉淀一下过往的混沌
细细咀嚼，这一年的欢乐与伤悲
就在一场风雨后被告知
我所冷眼相加的冬天
已和秋天，握手交接

你的手开始凉了

你的手开始发凉
每年，一阵浩大的北风呼啸后

日月里有十面埋伏
你体内的热被一点一点围困
补给，总是困难重重

你所能做的就是减少消耗
等待漫长的冬季过去

当一场寂寞汹涌

那时，力量布满每一个细胞
步伐从未迟疑
世相眼花缭乱

——故乡渐行渐远
欲念，魅惑，软硬兼施

有意无意间
交出身上的一些东西
学习世故，练习社交，锻炼体魄

可好运总是蒙面
一个又一个季节过后
梦，在跌跌撞撞中骨折

当一场寂寞汹涌，一时的软弱
认定今生，被命运所委屈

过独木桥记

梦见一个人。从一处到另一处
中间都是不易行走的路途
其中一座独木桥
独木不及一拃。重新站在桥边
他都不敢相信

"这么宽和深的涧，这么细的独木
除非做梦过得去"

说话的人。哦，依稀记起来
是一路连滚带爬的我

等待一场雪的到来

时节已到

应和着大自然的眼神，等你

我身上有根深蒂固的残留

需要一场雪覆盖，融化

如果顺利

或许还能唤起，一些久违的温暖

我深埋农事的心里

和家乡的麦子一样

曾在寂寞、漫长的冬季

被一场及时的大雪，覆盖

这样的后遗症

多年以前，就已深深地落下

丢失的美梦已不知几许

半睡半醒间，梦境清晰

真正醒来，每每只剩细若游丝的一缕

欲拽出整个梦的努力

结果多是徒劳

噩梦罢了。只是，这么多年

丢失的美梦不知几许

就如在这尘世中彳亍，身体里

不觉间流失的钙质

功　课

竭力把意识集中在一处

或实，或虚

模拟气功的状态

对抗夜间，顽固性的失眠

苦苦地坚持

换来白日的勉强

让一切，看起来正常

候　车

剪了缺口的车票
是一把钥匙。一扇门
容你闪身而进
时空转换

背景的喧嚣其实已无关紧要
忧郁有些莫名
一丝对远方的惶然，来得太早
莫非这身后的过往
能够把一切说得明白

沉　重

岁月呀

我越来越看清了你的本质

却越来越看不清自己

引　语

"你若不曾丢失什么
你就一无所知" ①

你要去的地方
忧伤并未全部抹去

曾经的思虑不周
不断追抚

一知半解，与醒目的将信将疑
仍嵌在岁月幽深处

---

① 引自W.S.默温的《四月》。

此消彼长

似乎无力复原一个梦境

下半夜飞驰的列车
嗒嗒嗒嗒……繁密的车轮声，还没完全清晰
描述的简短文字，已有了明确指向

——所有的黑夜
都来自白日。抓住它

但字迹模糊正在加速，而车轮声
却愈来愈清晰，愈来愈大

丢失，已是无法避免

心　绪

从林荫闲步走出
走进向晚落日满世界的红光
仿佛X光，穿透身上每一个细胞
体内一处阴影，忽然被察觉
木然有如锈蚀

慌张，诧异，更加诧异
感觉越来越真切，好像已毫无疑问
慌张。诧异——更加诧异
是此前它一直的埋藏
我欲明就里，却已茫然

大妗子已经不认识我了

我在房前，做无关紧要的事

大妗子同几个陌生人打这里经过

这地方我不怎么常来，但觉得大妗子

应该知道是我。这不需要道理

就像我一下子

知道是她从这里走过

令我惊异的是，大妗子却毫不理会地过去

失落与难过中清醒一半

忙着追寻她远去的身影

一个激灵，想起大妗子已病逝多年

她今番可能已经不再认识我

悲伤涌来。多年以后

我尘世的亲人

或许会梦见同样的情形

臆　想

多年后，走在一座城市的街头

来来回回

一个念想被压下，却又倔强地时不时冒出

某一刻被一人撞见

一阵迟疑的审视之后

喊出彼此的名字

——这个喊出你名字的人

这个虚拟的场景

在虚拟中，已悲欣交集

外表的温度不是实质

在一条小河边，稍一停顿
被蚊子叮了一口
在一条大河边，只一打岔
又被蚊子叮了一口

两只蚊子，通过疼、痒
正急剧地转化季节
别以为
这外表的温度就是实质

废 墟

一处旧院落

一场文艺演出。赞助人居然是自己

快结束散场时

寻找方便处，才发现

周遭一片拆迁一样的废墟

无处可去

又处处可去。不走运的是

每至一处，还没来得及

便有无比的干扰——异性出现

只能匆忙逃离。直到

被早起人的响动弄醒

方便才有了直截了当的去处

灰色的早间

天麻麻亮

刚好一场舒适的梦结束

仅此而已，并无特别处

如同一个愉快又寻常的日子

那时五点十五分

离床，漱口，喝水，去卫生间

楼下路过

一位踽踽行者

倚靠床上

习惯翻到微信一个群

群里昨天的喧闹

在这个早间"殃及"我

一半清楚一半糊涂

1

车子的后斗中，一个男孩长得酷似他妈
对面的爸，盯着儿子出神的样子让人奇怪

一种独特的激荡方法可用来美容
说得信誓旦旦，仍给人搪塞的感觉

对一人言语忽高忽低地斜视
皆因同乘一车。哦，这人晕车

2

男孩子是谁不知道
他妈他爸，也是

搪塞的那位
多一点的背景线索，同样没有

涉及隐私

也因这个

无数高低的言语终成一本糊涂账

那一年冬

这似是而非的寒意

让人怀疑

似一道多解的数学题

而那一年冬，大雪弥漫

滴水成冰，哈气成霜

那年冬天的太阳

惨白无光，如一幅拙劣的画作

多少年过去

寒彻肺腑的那份冷

被身体渐渐温暖

光 景 图

她不高兴，不理不睬
把我的预期抹得灰头土脸
一同的美女，则另一番风情
仿佛一面镜子

岁月在侧方，悄然让一张脸变形
双关的意味十分明显

更远更高处，一双犀利的眼睛
仔细观察了一举一动
和其中的因果

猫叫声陡然而起

梳理白天之事

寻找其中的代表。企望佐证这一天

搜肠刮肚之际

记忆显然已不那么可靠

一阵野猫孤独的叫声

从窗外闯入，撕裂静

心悬起来。生怕

那叫声再起，没完没了

叫成人间的

某种痛声

酒 醉

酒局散，唠叨着告别。一个人行走
黑暗处，看见有人跌了一跤

愣怔半天，原来跌跤的人
不是别人正是自己

狠骂了一声路坎——它也无辜
趔趄着爬起

膝盖隐隐约约地疼
仿佛从岁月深处，传导而来

等待还原

缓缓地，正在现形
形态一直被暗中怀疑、猜测
或许一篇文字而已

物流的收费是障眼法
手机号，短距离
有条件轻而易举把球踢给对方

误解，来自生态的毁坏；文字遭受牵连
膨大似物是矜持的一种形式。面子
是切中全部要害的入口

未能抽身
亦懒得多置一词，费思量
宁愿等。等待还原

小河亦背负无辜

小河不远。走近小河
一股脏（去声）腥气若隐若现

冬长久地封锁，秘而不宣
小寒、大寒间，蠢蠢欲动的阳气拱出实情

小河亦背负无辜。放低身段
还是无法清净自身

影 子

水，没有了风的搅扰
静止下来

一面镜子
清晰映照出，周围重叠的影子

凝神的时候，一条鱼从水面跃出又落下
恶作剧般弄碎了它们

春 联

前尘中质朴的旧村庄
那横竖撇捺，稚嫩的笔墨
高居几乎半边村子
父老乡亲的门楣。喜气洋洋的新年里
一份莫名的骄傲，一次次刻入年轮

笔下的功力早已今非昔比
但如今村中高墙大院的左邻右舍
却早已习惯简单、方便
——或赠或购，印刷精良

笔，墨，红纸
在故乡一年比一年沉默
我也佯装，与它们无关

过 招

少见的寒冷
并不想成为故事的背景

风驱赶着心事掠过枝头
雨，或者雪
在远处悄然察言观色
一时拿不准，来或者不来

没有围观
形单影只一个人，自己是自己的观众

放出体内另一个自己前来过招
仿佛一个克星
鸣锣的时候，一败涂地的一方
仍站立在大地上

对一场大雪的追忆

好大一场雪！横无际涯，垂天接地
义无反顾，沉浸于
对人世的一往情深

可如果略去松、竹、梅
这满是尘埃的人间，还能捧出什么奉迎

不好的兆头

昨夜梦里躲不开

面和心不和的人，绝对是个

不好的兆头

它在今日迎面撞上的不快中得到应验

——白眼翻给天空

天空，无动于衷

树，鸟巢

是的，随着季节一步步沉寂
一些树，叶子黄了，枯了
接着飘零不见

剩下光秃秃的枝丫，好似
劫后余生。树的瘦筋骨
没入一幅渴墨里

高处的枝丫间，一个孤零零的鸟窝
立在那儿

我的思绪提速、超后
想见，多少年整个的漫漫冬季
鸟窝里似乎总空空如也

塌　陷

时间正生成焦虑。一个
尚未进入视野的猎获
它撒出阴影
母体，深植背后远去的深深浅浅的脚印

你想得到，并愿意回头张望
塌陷无法陷落你

我心悠悠

春

春的气息
手指已可触摸
先知的鸭
被遗落在故园的池塘

街道上各色人等，色彩飞扬
静中，谛听血液加速澎湃
远方
依稀一个声音又在喊我

一 棵 树

大河边
风雨太劲。一棵树尚立足未稳
根部，即伤成宿疾

春秋几度。梦中茂盛、高大
醒来单薄的阴影
罩不住，一个路过
想歇歇脚的人

惊　蛰

这个日子一到

不管雨来与不来

雷响还是没响

你都要醒了。埋藏不同于埋葬

躲过长冬

养精蓄锐，已足够幸运

就算一只蝼蚁

也绝不会拒绝，春暖花开时节

神的召唤

一个人的河流

一条河流有一个好听的名字：迎河
那份好，十分顽强
多年了，还没有完全被
黑色的河水销蚀

它是我的临河。我的愿望简单：就是等它变清
晨等，昏等
预备足够的耐心
一年，两年，三年

或许有一天，等到不想等了
真不知拿什么来
自我安慰

春　曲

这花开此起彼伏，欲迷乱人眼

叶子闪展腾挪着自己的空间

多数在远处对花偷抬望眼

气候已熟练走出自己的青春舞步

吐出宜人的气温

这时节，充满魅惑地走向无限

人们心怀感激

一场春雨适时到来

润滋这尘世，争相的勃勃生机

这微不足道的一个人

清晨，甫一睁眼

保不准就被一缕春光点化

接着，又被一桩大希望预定

网祭英烈

在网上祭奠英烈栏
我敲出以下文字

今日今时，唯有崇敬
之外
请允许一个碌碌凡俗，且时有苟且者
抱有一点惭愧

梦里的人是谁

细节这般真切

肌肤之亲，让你脸红心跳。可是

梦里的人是谁，为何犹抱琵琶

莫非是

蹲守在命运里等待

还未出现的一个人吗

和古典知己在一起

辟书房做桃花源

一缕闲暇。阳光同诗书一样飘香

觅一个古典的知己

隔卷册唱和

累了，何妨一起饮酒

"饮酒如饮桃花"

春天的马蹄声

嗒嗒的马蹄
踏上正在舒展的春天，和春天一起兴奋

隐忍着越过冬的坚硬、冰冷
一匹瘦弱的马
居然还能
用响亮的蹄声发言

这匹马，其实是
寒冬里就已生成的一种意象
在草原深处，时隐时现

风吹草动

晚上，阳台
能够清楚地看到不远处
一个新开业的洗浴会所
闪烁着五颜六色的妖魅

类似的场所
在这个城市的各个角落
已以习以为常的形式
存在。涉足其间，各色人等
猜得出，其中的秘密

舶来的名称，是风吹的一阵草动
哗啦啦撩响的
仍是换汤不换药的暧昧

重要的，不是春天的花繁多

越是和煦的春天
越容易错过一些美丽

那些花，都在阳光下奋力地开放
不愿犹豫、耽搁
不会为谁停留。所以
重要的，不是春天的花繁多

春天哪，人们都是
容易得病和走失的人

春日花事

蜡梅枯萎，终结了冬

红梅正在吐出自己的香

白玉兰、紫玉兰，眨眼间

就把自己整个交出

红叶李内敛，细碎的花儿白中透红

像一堆可人的话语

低声细语娓娓道给季节

油菜花桀骜不驯

站成漫山遍野，惹得蜂蝶

一路春情荡漾

桃花迷情。至深处

让整个大唐对那个多情进士崔护

怜爱有加

希　冀

是一沓少小的孤单孤独中
磕出的洞口。从此听闻
隐约花开的声音，一缕细细的花香

是乡村少男少女懵懂往来中
私绘的模糊画卷
愿意把所有的明天一点点填写

是远走他乡的年轻气盛
一路的云遮雾罩
难以捉摸。以及闪烁不定光的碎片

也是尘埃落定后的清朗
尽人事，听天命
芝麻开不开花，全凭芝麻意愿

红绿灯路口，有人没人
一样守红绿灯的规矩
但愿永远不会有着急忙慌的事情

给 江 姐

——电视剧《江姐》观后

家喻户晓的英雄。流光中渐渐模糊

忘记，甚至更不堪

——物是人非

红尘，物欲横流

一个穿越黎明前的女子

朦胧（惭愧），新版本的清晰、丰满

一路走来，走到充满敌意、气急败坏的枪口

用去十五个夜晚

十五个夜晚

宛如十五个春秋

又恍若十五秒

四 月 天

一冷一暖间
春，由浅入深

你在不冷不热间
数着花开，嗅着花香，怀想

一阵春风，数日阳光，花开无数
两场雨，一次大风，花落无数

一个梦，几缕相思
在四月天，刻满你的疑虑

破天荒我用了"蝶"字

这美好的春天里
我无法完全属于自己
把不属于的部分，安全地交出
遇事忍，冷静，小心……警惕陷落
以至于麻木、冷酷

将自由支配的部分，插上翅膀
最好是蝶翅
这里，破天荒我用了"蝶"字

不到最后一刻无法确定

一个有意思的梦境
可已回忆不起许多细部。一生要背负
多少这样的飘忽

这时我开始犹豫
明天，要不要出一趟远门

——琐事如此之多
这大半生，似乎都在渴望摆脱
又力不从心

我已荒废了整个冬季
这短暂的春天，可否为我所用

我只是不想来去匆匆
因此不到最后一刻无法确定

雨 水

天气晴好，诸事顺遂
如此这般

春风中，人间绿意已深入浅出
还能说什么呢？杞人忧天的言辞免了
一切留待大地继续陈述

在 三 月

春风吹过
久经寒凉的权柄，仍时时露出
狐性的尾巴。徒翻白眼

在三月，春暖花开，莺飞草长
神谕在每一处水滨、田野、山冈

闲下来
就去这些地方坐坐吧

门 与 路

世上的许多门就是路
路，也是门

虚实间
一时难以弄清彼此的关系

时间一长，走动多了
慢慢就瞧出了其中的门道

星 期 一

朦胧当中身体被挤压出水泡
静里一惊，心脏带动身子
迅速抖动几下，晃向左右

马路边绿化带正在浇水
难得一见的小抒情
主题仍是上班时各种车辆的巨大嚣声

单位远在千里外，鞭长莫及
好似没了一点瓜葛
一家医院，在绕来绕去中缩小

上司的电话打过来
关心的话虚晃一下，职责所在
一起麻烦的违章令她担忧

肥 皂 泡

化少许肥皂水，随便一截小棍棒蘸一下
吹口气，便有众多的泡沫
升腾，飞扬

动作不断重复
少年无所事事的时光

一下子五彩缤纷
一帮一起吹泡的少男少女

失散多年
出现一个新的名词：肥皂剧

自己的桂花香

已有人捷足先登，把不一样的桂花香
抢先搬进自己的文字

我站在两棵高大的桂花树前
细细观看，那星星点点的浅黄色花粒
慢慢嗅出自己的香味，并越来越浓

感受一场秋雨

所有这个夏季的汛情

和留下的淤积

都可在一场绵绵秋雨中

慢慢地洇开。秋，捧出它应有的果实

可还是纳闷和恍惚，总觉得这场雨

好像已提前在心中落了多日

无所归依

有水的地方
往往有山。山环水绕
时而风平浪静
时而波涛汹涌，桀骜不驯

山不转水转暗含神秘
从心底涌起一声喟叹，像一个泡沫
是此生迩来的注脚

山沉默，水长流
你在两者间无所归依

乌云，一点点散开

我目光逼近远处的群山时
山高。田低。五月的麦田，一片金黄

更高处的整片厚重乌云，一点点散开
阳光正钻出缝隙，以光束的形式
拓展空间。可以感觉，马上拨云见日

画面的冲击力，来自类似一种
诞生的联想。仿佛一个可以尽管深入的新天地

暗中的酸与涩

我不说别的。我说
欲望举起，暗中的酸与涩紧随其后
如影随形
我既无良谋也无利器

这隐于暗中的酸与涩
怎么个来路
我一清二楚。但我不说出

芦 苇

秋光之中
芦苇顶着稀疏的白发
佝偻着腰身，斑驳的叶
随一阵路过的秋风俯仰
哗哗啦啦的声响，满含沧桑
把寂静推向了远方

岁月深处的乡村少年
和芦苇一见如故，深怀好感，说不出理由
直到如今

冬日的银杏树

已经寒风凛冽
是时候了，该放弃一些所有
与岁月妥协。比如杨、柳、梧桐

暂且停留与即将落下的
都精心准备了妆容，从未潦草
一枚枚鲜黄、明丽的叶片

从树上，到树下
让周遭沉沉的冬与冷
未能轻易近身

弃　船

水已浑黄，不再清澈
一条小船半沉半浮
像是一截老去的岁月、历史

岸边清净，无人问津
曾是谁人的舟楫
又载动过怎样的爱恨情仇

那些风啊雨呀之后
终于不堪，而今万古一般
又好似弦外之音

一个字，又一个字

事情往往就是这样——

昨天，碰见"舀"字

一时拿不准它的读音也很寻常

就像行走在街上，遇到一个

熟悉的面孔，却不敢肯定就是你认识的某个人

被似是而非折磨。拿来字典

翻到第六百九十二页，疑释

紧挨"舀"字下面的"窅"字

吸引了目光

——这个字曾在书帖中偶露峥嵘但被忽略

字典的解释是：

"眼睛眍进去、深陷

比喻深远：～冥｜～不可测"

合上字典，幽思来来回回

一些历史，一些人事，一些人影

一直在眼前晃

由"舀"至"舂"

且喧宾夺主

世事往往就是这样

等着梦醒

侧身而卧

一条腿横过来。一条熟睡中的腿

实实在在压在身上

像一道枷锁

不为所动。静静地

等待腿自己离开

等着梦醒

暴雪，小雪

一个词击中美国
顺手敲打了一下整个欧洲
奥巴马总统的车队
狼狈不堪。五十年一遇
暴雪循着它的轮回

与此同时
中国东部的安徽，安徽的蚌埠
天空飘洒的小雪
意在写意，未求气势

小小寰球。暴雪。小雪
都是雪——雪的发言
相距千万里

4D渡江场景再现

灯光暗下来。隐匿的历史片段亮起

伴着夜色，伴着风高浪急

无数只木船被推下

从北岸至南岸没有归途的决绝

一种静锁住大江。热血、忐忑被压抑

枪声、炮声，终于显出急不可耐

把夜的黑打穿一个个窟窿

炸出一个个漏洞

露出光亮，连缀成片，逐渐抵近曙光

一颗子弹径直朝我疾速飞来

我一个激灵，下意识躲闪

仍有被洞穿的感觉。直到灯光

再次亮起，感觉似乎还在

雪，在人间的高处

雪落之后寒流抵达
潮湿，结着薄冰的街道
车辆行人稀少

罕见的寒冷与湿滑
让人压低视线
放慢步履，小心翼翼
裹紧自己的衣装
裹紧心思

放眼处皆是雪，耀眼的洁白
在人间的高处
也是独行者心中的高处

穿黑色雨衣的女兵

中午。餐厅一列列女兵

排队领餐，用餐，默不作声

餐毕的一班

在餐厅门前列队离去

她们身着黑色的过膝雨衣

初误以为是风衣

蓝黑色裤脚

中跟的黑色皮鞋

齐耳的黑发

加上严肃的表情和整齐划一的步伐

某种情形的浮想

震撼。神秘。些许的魅惑

这个中午，挥之不去

遇 见 竹

乡村、城市。走到哪儿
遇见竹，眼前都会突然一亮
浮动的心
愉悦，安静
放缓脚步，或停下

与此相仿的还有
荷、梅、兰

她们
或许是我前世的
亲人，或情人

如果不是
那也一定是在来世

光线有点暗

昨日打开微信，涌出众多俏皮的段子
大量的图片，撩拨当下

为一个已在中国如火如荼多年的洋人节日
插科打诨
预热。商家暗喜

一个离婚的单身女人，十三日收到两份礼物
这消息
来源可靠。"这个女的真行！"

"是吗？"我想观察说话人的表情
揣摩其心理。但光线有点暗

只是偶尔挣扎一下

旧迹斑斑的书帖
旧迹斑斑的墨迹

冷风吹拂时
突然可疑

"写，写，写。写了那么多
该消耗多少纸张？"

有人曾无比深爱
一生难以摆脱

事实上你早已低首
只是偶尔挣扎一下

怀素造像

事佛之人
晨钟暮鼓，心生欢喜
用笔墨一点点剜去剩余的凡尘

然后重返尘间。一支笔风生水起
驰骋江湖
风轻云淡之际，心手相随，那一道道枯瘦的墨迹
一不小心就把自家涂抹得满纸烟云

掷笔之际
异样的声音隐隐传来

走 神

走神的时候

隐隐约约，看到一团光亮

笼罩在未知的虚处

这未知的虚处，下部的一角

一只驼色的小狗，小半身露镜，微昂着头

它好奇地打量着前方

前方已在虚处之外

这只小狗存在过吗

那会儿我却低下眼帘，会心地

若有其事地瞧着

这尘世的一切

也许，就是上苍的一次走神

一闪念间

黑暗处的违法更加严重，结果
几乎没有回旋的余地
如此的梦，全然地忘记不是很好吗
却又意外忆起。记忆有时
也是多一事不如少一事
谁说过，世间万物皆有联系
那么是不是，一个汉字
不易摆放的架构
在毛笔下桀骜不驯
或者，远方一个年轻的朋友
已经发生了
无可挽回余地的
一出爱的伤悲
这样的联系，显然有荒唐感
却又真实地在一闪念间生发

前 世

梦见前世。异国的一场军事行动
顶着另一个符号的自己
行动不久，阵亡

抵近遗址，死一样寂静
得鱼忘筌般获知
阵亡者的信息被采取
自动去世上寻找、比对。五年为期
而我神秘主动地寻来
巨大墙面上熟悉的符号
看到后，即开始慢慢地消失
仿佛我的到来正是时候

那时自己才20岁
那场行动，正义，体现国际主义精神

两者，轻轻地纠缠了一会儿

你终于把白天过完
你的白天，包括五个小时的黑夜

当准备
全力以赴
投入睡眠
脑海里，还是浮现了

一个人
和一些词。两者
轻轻地纠缠了一会儿

那么今夜，梦如果有的话
是否可以轻柔点

跋

要出版自己的诗集了，当这个愿望就要达成时，心中高兴是再自然不过的事了。高兴之余，又隐隐有一丝不安。我的这些被命名为诗的文字，在被编辑、印刷成为出版物后，究竟会获得一种怎样的命运？会有多少人舍得花银子购去阅读？又能获得多大的认可？能否赢得知音般的少数几位阅读者？这些疑问，倒回我初涉文学的年代，不成为问题，但是，在浮躁、喧嚣、碎片化阅读严重的当下，这实实在在成了令人担忧的事情。可这些，又不是我所能左右的，一切也只能拭目以待，随缘了。

一个作家或诗人，作品得以结集出版，于其本人而言无论如何都是一个标志性事件，或曰"里程碑"。在我，它意味着总结和放下，以及再出发……

摒除各种干扰，把一颗心在有限的时间段内安放下，两耳不闻窗外事，寂静中对筛选出的两百余首诗作进行认真的甄别、归部。这期间，心境澄明，灵感来时对作品的某处进行修改与润色，对关于诗歌有关问题的思索与感悟，都是难得遇见与享受的。经历这样的过程后，自我仿佛获得了递进式或曰螺旋式的进益。那些未聚的点点智性的亮，如今想来犹如星光，所带来的是不可细言的美好！

诗的诱惑力之一，正在于自我在其间的一次次打开，包括一些后续的再进入。而之前诗的感知、呈现，无不有赖于人生、社会的强加或馈赠。我的诗行，不过是这人间实的、虚的、偶然的物象或意象，在自己心的空间叠出的风景，被我捕捉并凝结成文字而已。

《行走在人间》是我的第一部诗集，也是适逢中国新诗百年之际，中国诗歌网与春风文艺出版社联手策划的具有纪念意义的一颗小的果实。对这两家单位，我心存感恩之心，如若不然，这第一部诗集还不知要等到何日才会付梓。因此，这本诗集，也让我怀揣幸运之感。这本集子所收录的诗作是我自2013年年底重新捡拾、码砌文字，正式返回诗歌场域，至2017年年底所积下的诗作的一部分。这些作品创作跨度虽然仅有四年，但诗进入的时空远远不止这个年数，这就注定了诗的表达比较驳杂——纪实的，虚构的，梦幻的，里尔克所谓的"从回忆中迸发"。

现在，我还不敢自诩我的诗写得卓有成效，但我知道我以诗的方式与这个世界的交流是真诚的，我也希望因此诞生的这些文本能够拥有一个好运。

人生的不完美乃至不幸是在所难免的，好在还有诗为我们平衡，这是诗人的担当，又是人生的幸运所在。

《菜根谭》有云："诗思在灞陵桥上，微吟就，林岫便已浩然。"

是为跋。

吕维东

2018年8月25日